I0686185

L'HOMME

à la

LANTERNE

PAR

Jean-Sans-Peur

PRIX: 40 cen

CHEZ ***, Libraire-éditeur

... — D'AMSTERDAM

PARIS

L'HOMME

A

LA LANTERNE

L'HOMME A LA LANTERNE

CHAPITRE I

SUR LE BOULEVARD MONTMARTRE.
PARIS-GLACIÈRE ET PARIS-FOURNAISE.

30 MAI 1868! J'ai cru un instant que cette date serait une des plus mémorables de l'histoire de France. Si je me suis abusé, j'en demande pardon à Dieu et aux hommes. J'ai bayé aux corneilles de bonne foi, je me suis mis le doigt dans l'œil avec la candeur des enfants et des multitudes. Ce n'est pas ma faute s'il y a de temps en temps des mirages

dans le ciel de Paris : on n'est pas plus responsable d'un mirage que d'une aurore boréale.

C'était le samedi, veille de la Pentecôte.

Que Paris était beau, ce jour-là, sur le boulevard des Fausses-Nouvelles, le long des kiosques où s'étalent chaque soir les comestibles de la curiosité publique !

Un étranger naïf, jeté par le dernier train sur le trottoir, parmi les Vénus Asphaltés qui le pétrissent sous les hauts talons de leurs bottines, aurait très-bien pu s'imaginer qu'il assistait à une rénovation, à une renaissance, à la plus impossible et à la plus belle des révolutions, une révolution pacifique. On eût dit que l'Esprit-Saint, devançant de vingt-quatre heures sa visite annuelle, était descendu en petites langues de feu, non plus sur douze pauvres hères, comme au bon vieux temps évangélique, mais sur ces milliers de nomades en veston court à qui M. Haussmann refuse le plaisir d'élire le plus humble de ses conseillers municipaux.

*
* *

Après une absence de quelques mois, je remettais le pied sur le bitume avec le frisson d'un mauvais nageur qui tâte l'eau du bout de l'orteil avant de quitter la rive. J'avais des idées et des soucis, des craintes et des commissions de provincial. J'étais parti de la campagne très-inquiet des récoltes, aspirant avec effroi les bruits de guerre, ayant encore dans l'oreille les cris tumultueux des jeunes mobiles, qui n'étaient pas précisément des cris d'amour.

Où en était Paris depuis l'hiver ?
Combien y avait-il de nouveaux journaux sur la tablette des kiosques de-

puis la promulgation de la nouvelle loi sur la presse?

La couleur Bismark était-elle toujours à la mode?

Se réunissait-on un peu plus ou un peu moins depuis que le Sénat ne s'était pas opposé à la loi sur les réunions?

Quel était le joujou favori, le joujou tout neuf des nomades de M. Haussmann?

Allais-je trouver un boulevard qui, semblable à l'aigle impérial, volait de clocher en clocher jusqu'aux tours de Notre-Dame?

La loterie de Suez était-elle ouverte à la Bourse?

L'obligation mexicaine avait-elle enfin, chez les boulangers, la valeur d'un bon de pain des bureaux de bienfaisance?

A quel endroit pouvais-je trouver la caisse des chemins vicinaux? Un maire de mon pays m'avait prié de la chercher dans tout Paris, de la mesurer, de la jauger et de lui en fixer la contenance, avec un petit dessin à l'appui. Maire de l'âge d'or, vous avez des exigences !...

*\
* *

Et mes inquiétudes ne se bornaient pas là, croyez-le bien.

Je venais de lire en chemin de fer le dernier volume des *Méditations* ou plutôt des *Lamentations religieuses* de M. Guizot. A côté de ces gémissements d'un ancien ministre tourné au Jérémie, les vieilles méditations de Lamartine sembleraient un petillement de gaieté française et d'esprit gaulois.

M. Guizot m'a jeté un froid, avec ses bibliques élégies sur la société actuelle :

« Nous ne croyons plus, nous ne marchons pas, nous ne pensons plus; en haut et en bas, point de direction! En nous et hors de nous point de conviction! Le mal qui ronge notre époque est l'HÉSITATION GÉNÉRALE. »

*
* *

Le fait est que la France ne me paraît pas plus décidée à prendre le voile dans un couvent du cardinal de Bonnechose qu'à embrasser le spiritisme d'Allan-Kardec, ou ce matérialisme pratique des sergents de ville, que les cardinaux préfèrent sans doute au matérialisme de l'école de médecine.

On trouve que M. Haussmann a un peu trop démoli; cependant il a donné une énergique impulsion, n'est-il pas vrai? à l'industrie des Limousins, qui est une des gloires de l'atelier national. Quand M. Pouyer-Quertier renverse M. Pereire au pied de la tribune, on applaudit des deux mains à son éloquence athlétique. Et pourtant on ne voudrait pas livrer M. Pereire à M. Mirès, qui n'a pas encore digéré les rancunes de Juda contre Israël. Entre M. Rouher et M. Émile Ollivier, le cœur de la majorité ne balance pas; mais on dirait qu'à la veille des élections futures il se produit une espèce de fluctuation jusque dans la poitrine des Sept Sages du Corps législatif. Nos Sept Sages hésitent comme de petits fous.

HÉSITATION GÉNÉRALE, que me veux-tu ?

*
* *

Un prophète catholique avait signalé sous la Restauration, comme la cause première du malaise social,

L'INDIFFÉRENCE EN MATIÈRE DE RELIGION.

Qu'est-ce que ce vague à l'âme de l'abbé de La Mennais, à côté de ce mal de mer observé par M. Guizot, prophète calviniste :

L'INSOUCIANCE EN MATIÈRE DE TOUT!

Ah ! monsieur Guizot, vous m'avez fait bien de la peine avec vos nausées, en chemin de fer ! Malgré l'HÉSITATION GÉNÉRALE, je n'ai pourtant pas hésité, sur le seuil de la gare d'Orléans, à rentrer dans cette ancienne fournaise de Paris, que j'allais trouver changée en une immense glacière.

*
* *

L'aspect du boulevard m'a guéri des nausées du prophète.

Tant pis pour M. Guizot, s'il n'a pas quitté sa chambre le 30 mai 1868 !

Méditer à huis clos, c'est bien : Méditer en plein air, c'est mieux. La veille de la Pentecôte, j'ai eu la chance de méditer devant un grog américain, à une table du café de Madrid, en face du café de Suède ; et de ce point central, qui est incontestablement le cœur de Paris, peut-être le nombril du monde, je me suis écrié tout à coup, avec l'accent de la plus vive allégresse :

—M. Guizot a la berlue, c'est sûr. Il n'y a évidemment pas la moindre hésitation en France, puisque, sur le boulevard, tout le monde est d'accord.

Oui, l'accord le plus merveilleux régnait le 30 mai, sur toute la ligne que parcourt l'omnibus de la Madeleine à la Bastille, caisse jaune, lettre E. J'ai vu ce jour-là (et je n'ai pas l'œil crevé, je vous prie de le croire), j'ai vu de mes yeux s'établir une foi nouvelle, une nouvelle religion, un culte nouveau. Le cocher de la caisse jaune, lettre E, peut me démentir, si je mets une robe trop longue à la Vérité.

Un évangile longtemps annoncé à la première page du *Figaro* et à la qua-

trième des autres feuilles, avait en-
vahi en un instant les tablettes des
kiosques et les boutiques des libraires.
Il était dans toutes les mains, le petit livre sacré, l'Évangile-Almanach à couverture rouge! Et comme la couverture
déteignait, chacun portait au bout des
doigts l'empreinte vermeille du culte
nouveau.

*
* *

Quelle magnifique ivresse d'enthousiasme! Ah! ce n'était pas une de ces
petites fêtes organisées au prix courant
des halles de l'hôtel de ville, au plus
juste prix de la semaine, par l'illustre Godillot! Non, un élan de joie in-
comparable unissait les esprits et les
cœurs dans une sorte de communion
extatique.

On se souriait du trottoir à la chaussée, et de la chaussée aux balcons, et
des balcons aux mansardes.

Du coupé à l'omnibus, on se saluait; de la tapissière au *huit-ressorts* on se félicitait; cavaliers et piétons, animés du même esprit, fraternisaient sur le bitume et sur le macadam. Partout le livre rouge était élevé en l'air comme un signe de rénovation et de fusion.

*
* *

En sortant de la Bourse, on l'avait!

En prenant l'absinthe, on le dégustait!

Une écuyère du cirque le dévorait au petit trot de sa bête savante.

Une blanchisseuse l'emportait à Boulogne au pesant galop de son percheron.

La bouquetière du Jockey-Club le respirait comme une fleur en papier.

Je vois encore un employé qui l'avait acheté pour sa femme, en sortant du ministère, avec un pot de fuchsias. Le pauvre homme eut le malheur de trébucher contre un kiosque, et voilà les fuchsias dans le ruisseau. Mais rassurez-vous, le digne employé a sauvé son évangile, qu'il presse sur son cœur en se relevant, sans songer à essuyer son pantalon noisette, taché au genou.

Un petit crevé, rencontrant une cocotte, lui disait : L'as-tu ?

La cocotte rougissante répondait : Le voici !

Et ils s'en allaient tous deux, comme frère et sœur, se sentant peut-être rachetés et régénérés. Les âmes perverties ont toujours aimé les cultes nouveaux.

Un boursicotier chauve essuyait le lacis veineux de ses vieilles tempes, en feuilletant pieusement la sainte plaquette.

Un photographe chevelu et barbu, qui opère lui-même et qui a toutes les vertus civiques, baisait ostensiblement la couverture rouge en chuchottant, de groupe en groupe et de table en table, au café des Variétés :

— Amis, ceci est du pur moka; sucrez vous.

*
* *

Seul, un journaliste endurci, qui faillit être lapidé par les projectiles de la conversation, eut la témérité de protester par un bon mot contre l'allégresse unanime.

— J'avais vu dans les foires, dit-il, et dans l'histoire ancienne de nombreux exemples de terreur panique; j'assiste aujourd'hui à quelque chose de plus fort : c'est l'ENTHOUSIASME PANIQUE !

Il s'en alla, fier de sa boutade, en ajoutant :

— Éternel troupeau de Panurge, auras-tu bientôt fini de sauter?

*
* *

Avec cette amère parole, l'aiguillon

du doute s'enfonça, je l'avoue, dans mon esprit. Des picotements de rire me chatouillèrent les lèvres en voyant sauter croupe à croupe l'éternel troupeau..

Agneaux et moutons, brebis et béliers, toute la gent porte-laine défila devant moi; puis vinrent les bergers et les bouchers, les chiens et les loups. Il y a sur le boulevard (l'auriez-vous deviné) des chiens de Dindenaut, et des loups de Panurge.

*
* *

— Achetez *la Lanterne*, par *M. Henri Rochefort*, criait un marchand de journaux.

En jetant quarante centimes au marchand, je m'aperçus avec stupéfaction que c'était la *Lanterne* qui était le nouvel Évangile de tout Paris.

Je connaissais le talent et le succès du fameux chroniqueur du *Figaro:* un ta-

lent et un succès de vaudevilliste-jour-
naliste! mais devant un triomphe si
miraculeux, je poussai, malgré moi, une
exclamation assez étrange :

— Au diable Rochefort! Rochefort à
la lanterne !

Ce cri involontaire est devenu, peu à
peu dans ma tête, une étude sur le vif
que j'ai résolu de faire imprimer à mes
frais pour les délices des quatre-vingt
mille lecteurs de M. Henri Rochefort.

CHAPITRE II

HISTOIRE CURIEUSE ET INSTRUCTIVE D'UNE AFFICHE ET D'UNE COUVERTURE. — ROCHEFORT A LA LANTERNE ET L'HOMME A LA LANTERNE.

Mettre à la lanterne M. Henri Rochefort n'était pas, à mon avis, une excitation à la haine et au supplice de l'heureux chroniqueur. C'était tout simplement une idée satirique et comique.

Je le voyais en l'air, s'accrochant lui-même à sa lanterne, avec un tabouret sous les pieds, et je m'écriais :

— Pendu ! pendu ! Venez voir le PENDU ÉCRIVANT, pour faire suite au DÉCAPITÉ PARLANT !

Voyez comme il écrit dans l'air avec

facilité, avec aisance, avec conviction ! Venez, accourez tous, et ne craignez pas de strangulation par imprudence. La corde qui joue autour de son cou est une cravate de soie, un simple ruban élastique dont le *Figaro* tient amicalement les deux bouts. Veuillez remarquer aussi, pour vous rassurer encore, le rôle philanthropique du tabouret qui, par un mécanisme ingénieux, monte et descend dans l'espace en suivant le mouvement des pieds. Est-il rien de plus joli, de plus curieux et de moins dangereux que ce badinage aérien d'un vaudevilliste en belle humeur? Ce n'est pas une pendaison, que le ciel nous en préserve! c'est ce qu'on appelle au Châtelet ou à l'Ambigu-Comique une SUSPENSION.

*
* *

On sait bien que si la suspension se prolonge, le badinage peut devenir sérieux.

Un commissaire de police trop actif, un jeune substitut trop zélé, n'ont qu'à passer par là, et à prolonger la suspension jusqu'à la suppression, en tirant légèrement les bouts de la cravate, et enlevant adroitement le tabouret. Une simple espièglerie, voyez-vous!

Eh bien non, cela n'arrivera pas, cela ne peut plus arriver. Nous avons maintenant des tribunaux qui ont le droit de s'opposer aux effervescences du zèle comme aux espiègleries de l'activité.

M. Henri Rochefort est d'ailleurs un homme heureux. Bien avant de se suspendre à sa lanterne, il avait dans sa poche de la corde de pendu. On en trouve par paquets dans toutes les familles aristocratiques; paquets vénérables qui datent du bon temps où les gentilshommes faisaient pendre les vilains, sans songer qu'un jour ils se borneraient à les faire voter.

*
* *

Le titre de mon étude ou de ma brochure, comme il vous plaira, me parais-
sait donc complétement inoffensif. *Rochefort à la Lanterne*, après tout, c'était,
sauf l'intention satirique, comme si
j'eusse dit *Veuillot à l'Univers*, *Girardin
à la Liberté*, *Guéroult à l'Opinion natio-
nale*. Qui donc, parmi les quatre-vingt
mille amis les plus chauds du journaliste
à la mode, eût pu s'irriter ou s'alarmer
de ces quatre mots gravés sur une affiche
rouge cerise :

ROCHEFORT A LA LANTERNE ?

L'affiche tirait l'œil, voilà tout ; mais
il faut bien faire quelque chose pour ne
pas être écrasé par les affiches monstres
de la *Femme immortelle!* La mienne
était de proportion modeste, timbrée à
cinq centimes, dix centimes de moins

que la *Femme* de la *Petite Presse* et de M. Ponson du Terrail. On allait l'appliquer tout doucement aux bons endroits où passent les quatre-vingt-dix mille amis les plus chauds de mon sujet d'étude, lorsque j'ai appris de mon afficheur fugitif qu'on lui avait formellement refusé le *laisser-coller*. Mon affiche avait eu le malheur d'agacer les nerfs d'une personne excessivement susceptible qui loge près de la Sainte-Chapelle. Dame Police, à son aspect, avait jeté les hauts cris, comme si elle eût vu s'agiter devant elle le réverbère sanglant de Foulon et de Berthier :

— ROCHEFORT A LA LANTERNE ! y songez-vous ? mais c'est un cri de rage, cela ! Mais votre affiche rappelle les plus mauvais souvenirs de nos époques révolutionnaires ! Adressez-vous au ministère de l'intérieur : vous verrez, vous verrez comme vous y serez reçu !

On y est allé à ce ministère : on y a été fort bien reçu. La politesse n'est-elle pas le blanc de perle de l'adminis-tration ? Je connais un chef de division qui ne marche jamais sans sa patte de lièvre : il se maquille pour être poli. On payerait cent sous, le prix d'une stalle de parterre, pour l'entendre vous dire affectueusement :

— Donnez-vous, monsieur, la peine de vous asseoir.

Nous ne nous plaignons donc pas des fauteuils du ministère : ils sont capiton-nés comme le dernier budget ; mais nous frissonnons encore des courants d'air qui glacent les épaules dans les couloirs. Une de ces brises administratives m'a figé les deux oreilles, au bout d'un cor-ridor. J'entends encore, ou je crois en-tendre le sifflement de ce vent coulis :

— Votre affiche est parfaite, si la bro-chure est pour nous. Votre affiche est détestable, si la brochure est contre nous. Quant à la couverture, ornée d'un très-joli dessin, même raisonnement, même dilemme! Sortez de notre dilemme, si vous êtes fort.

Comme je ne suis pas fort, je suis sorti du ministère.

Renoncer à l'affiche, c'était douloureux; à la couverture, désastreux! Je n'ai pourtant pas renoncé à ma brochure. Elle paraît aujourd'hui, à la suite de ces aimables délais, sous ce titre aussi nocturne que philosophique:

L'HOMME A LA LANTERNE

Que l'imagination du lecteur place derrière ces majuscules un transparent de chez Godillot.

CHAPITRE III

OU JE LUTTE AVEC CENT MILLE HOMMES, ET CE QUI EN ADVIENT.

L'HOMME A LA LANTERNE, soyons franc, n'est pour nous ni le Diogène classique, ni le Vireloque de Gavarni, (à quoi bon les rapprochements?) ni les Ragefort, Roquefort ou Grinchefort des conversations et des brochures, (à quoi bon les parodies?) c'est l'enfant du *Figaro* qui essaye d'être un homme au journal *la Lanterne*, c'est le favori du public, l'heureux triomphateur d'aujourd'hui, qui sera peut-être demain un invalide du succès.

Quatre-vingt-dix mille lecteurs, mettons cent mille, suivent le drapeau de ce général de la petite presse. Cent mille hommes, c'est le contingent annuel de l'armée française. M. Henri Rochefort, sans sénat, sans corps législatif, sans conseil d'État, lève cent mille hommes d'un trait de plume. Que fait-il de ce contingent politique et littéraire? Quelle instruction lui donne-t-il? A quelles batailles prétend-il le mener? A quelles conquêtes le prépare-t-il? Veut-il, comme les fondateurs d'empire, donner à son peuple une religion, une morale, une mission guerrière et politique, ou ne concentre-t-il ses cent mille hommes que pour les amuser dans un camp de plaisance?

Je le préviens tout d'abord que Succès oblige, aussi bien que Noblesse, aussi bien que Puissance, Intelligence ou Beauté.

Le Rochefort de la *Lanterne* est-il

autre chose que le Rochefort du *Figaro?* Avons-nous affaire désormais, comme les enthousiastes le répètent sur tous les tons, à un écrivain, à un homme politique?

Telle est la vraie question à poser, à débattre et à résoudre.

Il nous importe peu, en effet, que M. Rochefort s'enrichisse, il importe qu'il soit à la hauteur de son succès. On affirme qu'il lèvera cette année un tribut de cent mille francs, peut-être deux cent mille, sur son peuple de cent mille hommes. Quoique le tribut soit volontaire, M. Rochefort a le devoir de le justifier par son œuvre, comme nous avons le droit de contrôler les pièces justificatives de son budget.

Le rédacteur de la *Lanterne* a des opinions trop libérales pour se scandaliser de mon libéralisme, aussi radical assurément et aussi vermeil que le sien.

*
* *

Quatre numéros de la *Lanterne* ont déjà paru. Voici qu'on m'apporte le cinquième, avec les épreuves de ma brochure. Je suis étonné que le cinquième numéro soit absolument fait comme les précédents. Il y a donc un parti-pris, quel est-il?

M. Henri Rochefort, à son premier numéro, laisse tomber, avec un certain dandysme d'homme à bonnes fortunes ces paroles assez dédaigneuses : « Je dois au public, qui m'a montré souvent, *tant de sympathies, le diable m'emporte si je sais pourquoi;* je lui dois, dis-je, quelques explications sur les différentes particularités qui ont présidé à l'élaboration de la *Lanterne.* »

Or les explications se réduisent à ceci: « On m'a refusé un privilége, et, en me le refusant, on a préparé le succès du journal que je publie, et qui désormais n'a plus besoin d'autorisation. » Est-ce assez d'explications pour *tant de sympathies?*

Il est vrai que ces sympathies lui ont été données *le diable l'emporte s'il sait pourquoi.* Aussi se borne-t-il, de son propre aveu, à dévider des réflexions au jour le jour, sans méthode, sans suite, et *sans plan fait d'avance.* Quoi ! pas la moindre suite, et pas le moindre plan? Mais pour le plus mince vaudeville vous avez un plan que vous discutez, que vous modifiez, que vous perfectionnez avec un, deux, trois collaborateurs, et quand, dans un journal hebdomadaire, vous allez parler tout seul à cent mille hommes, vous proclamez d'un ton détaché que vous n'avez pas de plan?

Moi qui parle de vous au public, j'ai un plan arrêté, dès la première page de cette brochure. C'est une canne sur laquelle je m'appuie en causant et en vous lisant.

A travers votre succès, que j'ai décrit en spectateur, que j'expliquerai en observateur, je me suis proposé d'examiner librement votre littérature et votre politique.

Ma tâche est déjà plus qu'ébauchée, n'est-ce pas? Je vais la reprendre méthodiquement, et l'achever de même, si je le puis.

M. de Guilloutet n'a pas besoin de prêter l'oreille. C'est une vie publique que j'évalue, et je n'ai nulle envie d'escalader le mur de la vie privée. Regardez ailleurs, prenez vos vacances, honorable M. Guilloutet !

*
* *

J'invite les cent mille lecteurs de M. Henri Rochefort à se presser, à se tasser, à s'échelonner autour de moi. Approchez sans crainte, cent mille hommes! Vous allez entendre une confé-rence sincère sur le génie littéraire et politique que vous admirez.

Toute marque d'improbation est per-mise, toute interruption est légitime, et les murmures les plus orageux sont au-torisés. Il n'y a pas la moindre police dans la salle. Je me fie au bon sens des cent mille hommes, à leur sentiment exquis des convenances, à leur profond amour de la liberté,

Non, quatre cent mille mains ne se lèveront pas pour fermer une seule bou-che. Un tel acte de despotisme serait puéril de la part de cent mille libéraux.

Au début de sa carrière d'écrivain, nous trouvons M. Henri Rochefort au théâtre : il n'est pas étonnant que son style ait conservé une forte odeur de coulisses...

UNE VOIX INDIGNÉE.— Prouvez-le, si vous l'osez !

UNE VOIX DOUCE ET CALME. — C'est une odeur excellente !

UNE VOIX IMPARTIALE. — Laissez continuer l'orateur; soyons tolérants.

CHŒUR DE VOIX TOLÉRANTES.—Oui, oui, l'orateur est dans son droit.

MOI.— Si les cent mille hommes veulent me remplacer dans ma chaire, je suis prêt à en descendre, sans la plus légère résistance. Cent mille hommes parleront à la fois, et je leur promets de les écouter, tout seul, avec la plus religieuse attention.

LA VOIX INDIGNÉE. — C'est une leçon : nous n'en voulons pas.

LA VOIX IMPARTIALE. — Si la leçon est bonne, il faut l'accepter.

LA VOIX DOUCE ET CALME. — C'est une ironie : j'en veux bien.

MOI. — Si les cent mille auditeurs qui ne m'écoutent pas...

LES CENT MILLE HOMMES. — Nous vous écoutons, parlez, parlez !

(Le plus profond silence s'établit enfin. On entendrait brûler la mèche d'une lanterne d'un bout à l'autre de la salle. Après quelques secondes, ce profond silence m'est expliqué : les cent mille hommes sont partis!)

Il est évident que les cent mille hommes de M. Henri Rochefort ne veulent pas m'entendre. Je renonce donc à la parole, et je reprends la plume. Je m'adresse maintenant au petit noyau de Français et de Françaises qui n'ont pas encore placé leurs sympathies à fonds perdus sur la tête de l'heureux chroniqueur. Il me reste à peine trente millions de lecteurs et de lectrices à persuader et à entraîner. Allons, ma petite brochure, tout espoir de succès n'est pas encore perdu.

CHAPITRE IV

SPECTACLE DANS UN JOURNAL. — LITTÉRATURE BOUFFE ET POLITIQUE BOUFFE. — MUSIQUE DE MOZART ET MUSIQUE D'OFFENBACH.

Comme vaudevilliste, M. Henri Rochefort a rarement dépassé la rampe. Il s'est montré tout d'abord inférieur à son aimable père, le joyeux contemporain des Théaulon, des Mélcsville, des Duvert et des Bayard : la *Vieillesse de Brididi* ne vaut pas *Carlin à Rome*.

Cela ne l'a pas empêché d'affirmer, dans une des premières livraisons de la *Lanterne*, « qu'Alfred de Musset, tout grand poëte qu'il est, n'a jamais fait de sa vie une pièce qui mérite ce nom. »

Soit! Le poëte Musset avait une profonde ignorance des choses dramatiques : aussi, exclusivement préoccupé du lecteur, se contentait-il de lui offrir, hors du théâtre, des spectacles dans un fauteuil. Ce n'est pas sa faute si acteurs et directeurs ont eu l'envie de transporter son fauteuil sur la scène, et si le lecteur a été enchanté d'être changé en spectateur.

Le théâtre de Musset n'en existe pas moins, quoiqu'il soit contesté par M. Henri Rochefort, dont le théâtre existe encore moins que celui de Musset. Nous avons vu la *Vieillesse de Brididi*, qui dût son succès à la danse excentrique de mesdemoiselles Lucile Durand et Georgette Olivier. Nous verrons le *Théodoros*, écrit, dit-on, en collaboration avec M. Barrière, et nous désirons que la fameuse Menken y réussisse à miracle. Mais *cette pièce* méritera-t-elle *ce nom*, pour parler le langage correct du critique d'Alfred de Musset?

Il faut croire que M. Henri Rochefort n'a pas eu grande confiance dans son avenir dramatique, puisqu'il s'est écarté longtemps du théâtre et qu'il a donné au lecteur *le spectacle dans un journal, le spectacle dans une chronique,* comme Alfred de Musset avait donné *le specta-cle dans un fauteuil.* Le directeur de son théâtre-journal, M. de Villemessant, est un fort habile homme ; il a eu autant de part, j'en suis sûr, dans le succès des chroniques, que mesdemoiselles Lucile et Georgette dans le succès de la *Vieil-lesse de Brididi.* Si pourtant quelque Marc Fournier, quelque Hostein ou quelque Victor Koning avait envie de mettre ces chroniques à la scène, je demeurerais confondu d'étonnement. Une pareille tentative m'étonnerait encore plus de la part de M. Edouard Thierry, bien qu'il laisse jouer au Théâtre-Français le *Ca-price, Il ne faut jurer de rien,* et d'au-tres *pièces* de Musset qui, pour rappeler une belle expression déjà citée, *ne méri-*

tent pas ce nom. Les chroniques du *Figaro* montées, répétées et jouées dans la maison de Molière... Ah! M. Edouard Thierry, vous ne ferez pas cela!

Les chroniques du *Figaro* sont bien et dûment enterrées dans trois fosses banales non surmontées d'une croix; trois volumes « qui ne méritent pas ce nom, » je ne me lasse pas de reproduire ce joli tour de phrase. Les cent mille hommes qui achètent la *Lanterne* ont montré, pendant un mois, un dévouement à toute épreuve. Eh bien, je les défie de relire ces trois volumes figés dans leur glace, les *Français de la décadence*, la *Grande Bohème*, les *Signes du temps.* Ces belles choses-là se débitent par tranches, en forme de chronique ou de galette. Les relire en volume serait de la démence.

M. Henri Rochefort lui-même ne doit pas relire ses anciennes chroniques; il préfère en publier de nouvelles. Se souvient-il encore de sa littérature du *Figaro?* Je gage qu'il a cent mille raisons de préférer sa littérature de la *Lanterne*.

L'auteur de la *Vieillesse de Brididi* doit se croire maintenant très-correct, puisqu'il reproche à l'abbé Gratry, un philosophe, un prédicateur, un oratorien, un polytechnicien, un académicien, de ne pas écrire en français. A propos du miracle de la Pentecôte, à propos de bottes, à propos de rien, M. Henri Rochefort, le puriste, s'adresse à lui-même cette spirituelle question :

« Puisque les apôtres ont reçu sur la tête douze langues de feu, qui leur ont appris à articuler toutes celles qui se parlaient sur le globe, comment n'est-il pas descendu sur le P. Gratry une treizième langue de feu qui lui ait appris à parler la sienne ? »

Comment! Vous voulez savoir comment? Ah! voilà, c'est que la treizième était déjà descendue sur la mèche de la *Lanterne*. De là, ce bel éclat, cette clarté, cette pureté de langage qui resplendit à chaque page du glorieux journal. Citons quelques exemples, nous n'aurons que l'embarras du choix.

A la première page de la première livraison, M. Henri Rochefort, nous l'avons déjà dit, offre au public quelques explications sur les différentes « particularités qui ont présidé à l'élaboration de la *Lanterne.* »

Que vous semble d'abord de ce petit morceau? Que pensez-vous *d'une particularité qui préside! qui préside à une élaboration! et à l'élaboration d'une lanterne!*

Est-ce là du petit français à la mode du P. Gratry? Nenni, c'est une perle.

Goûtez maintenant à cette jolie phrase sur les souverains : « Ils nous reprochent de faire de la mauvaise politique; la chose est possible; mais la chose qui est certaine, c'est qu'ils font de la bien exécrable littérature. »

Quelle correction et quelle légèreté ! Le P. Gratry, qui n'est ni léger, ni correct, aurait peut-être écrit : « Ils nous reprochent de faire de mauvaise politique, c'est possible; mais ce qui est certain, c'est qu'ils font d'exécrable littérature.»

Cette phrase-ci est du strass, tandis que l'autre est un diamant.

Voulez-vous à présent une merveille d'esprit? Je prends la première phrase du premier numéro : « La France contient trente-six millions de sujets, sans compter les sujets de mécontentement.»

Serviteur à la turlupinade ! Que cela

est fin, que cela est amer, et que cela est délicat! « Sujets de mécontentement » ! Il n'y a vraiment qu'un homme pour inventer des rapprochements aussi ingénieux et aussi imprévus. Père Gratry, ne tentez jamais rien de pareil. Vous seriez un homme perdu, mon révérend. Il faut laisser aux Rivarol et aux Rochefort le privilége de ces hardiesses exquises.

Seriez-vous curieux, par hasard, d'apprendre comment on renouvelle une expression vieillie ? « Ah ! mes bons seigneurs et maîtres, Dieu vous conserve longtemps la vie, car vous ne vous imaginez pas à quel point la postérité se prépare à déployer sa gorge pour rire de vous ! »

Et vous, naïf, vous auriez été capable d'écrire tout bonnement : « La postérité rira de vous à gorge déployée. »

C'eût été du français assurément,

mais du français archaïque, antédilu-
vien et fossile, tandis que vous avez sous
les yeux le plus joli échantillon de cette
langue toute pimpante, toute grima-
çante et toute neuve qui se parle aux
Variétés dans la *Grande-Duchesse*, au
Palais-Royal dans le *Château à Toto*, et
à l'Athénée, dans *Fleur de thé*.

Sous le titre d'une des poésies les plus
pénétrantes de Sainte-Beuve, il y a ces
mots pour épigraphe :

« Il faudrait ici de la musique de Mozart. »

Et, en effet, pendant qu'on lit ces
beaux vers, il semble que du fond d'un
jardin enchanté montent jusqu'à vous,
par bouffées odorantes, des phrases
mystérieusement suspendues, mystérieusement reprises, et dans leur douce
ascension, de plus en plus amollissantes
et charmantes.

Sous les morceaux les plus remarqués de la *Lanterne*, on écrirait volontiers, en guise de petite note :

« Il faudrait ici de la musique d'Offenbach. »

Langue bouffe, littérature bouffe, et disons-le tout de suite, politique bouffe !

A ces derniers mots il manque nécessairement un commentaire. Je l'ai réservé pour la fin de ce chapitre.

*
* *

La langue bouffe est la fille naturelle de la langue burlesque ; mais la mère n'a pas reconnu la fille. Parlez à MM. Duvert et Lausanne de leurs successeurs Meilhac, Chivot et Duru, Blum, Flan, de Jallais : vous assisterez à de belles fureurs. L'*Homme blasé*, *Riche d'amour*, peuvent bien admettre l'*Omelette fantastique*, le *Chapeau de paille d'Italie*, le *Tigre du Bengale*, et même les *Deux papas très-bien*; mais la *Belle Hélène*, *En classe*, *Mesdemoiselles*, mais la *Grande-Duchesse* et *Fleur de Thé*, allons donc! Demandez à Arnal s'il est de la famille de Montrouge, à Ravel s'il parle la langue de Léonce, à mademoiselle Doche si elle est du monde de mademoiselle Schneider; on vous répondra par des pieds de nez et des haussements d'épaules.

MM. Duvert et Lausanne avaient inventé une langue très-imagée, très-métaphorique, très-comique; on en pourrait faire un vocabulaire-tremplin sur lequel rebondiraient en cadence des substantifs travestis, des adjectifs déguisés, des verbes parés et masqués, des adverbes extravagants et fulminants. Ils faisaient sauter sur une couverture les termes les plus imprévus de la langue du vaudeville; c'était litteralement une langue bernée.

La mimique étrange et la bizarre déclamation des Arnal et des Ravel complétaient habilement les chinoiseries d'une rhétorique toute parisienne.

Dans la langue de MM. Duvert et Lausanne, un charcutier était un artiste en cochonaille, une table desservie devenait une table surchargée des mets les plus absents, les étoiles du ciel se transformaient en clous d'or fichés au firmament par un hardi tapissier. Et c'étaient à tout instant des récits absurdes d'où jaillissait une folle gaieté, des suppositions invraisemblables qui, par une logique renversée, aboutissaient tout à coup aux conclusions les plus désopilantes. Des explosions de rire ébranlaient la scène, et la salle entière craquait sous une tempête d'hilarité.

Aux yeux de MM. Flan, Blum et Rochefort, leur camarade, MM. Duvert et Lausanne passent aujourd'hui pour des

académiciens, des antiquaires, des cu-
lottes de peau, des classiques. La vieille
langue de ces ancêtres a été soumise à
la musique syllabiqne de M. Offenbach
et, la blague parisienne aidant, on a
créé l'idiome bouffe. Écorcher le français, passe encore, mais le retourner
publiquement comme une peau de lapin,
c'est manquer à la fois aux principes
les plus vulgaires de la décence, de la
civilité, de la propreté!

Le mérite de M. Henri Rochefort con-
siste à tirer parti de ce bel idiome en l'ap-
pliquant aux choses politiques. C'est
ainsi qu'il a inventé le journalisme bouffe
de la *Lanterne*. Histoire de politiquer un
brin, eût dit Gavarni.

Le vaudevilliste, avec lui, est entré
dans la polémique quotidienne; son
exemple sera suivi sans doute par ses
confrères dont la verve s'endort au théâtre. Nous aurons avant peu, je l'espère
avec effroi :

LA LANTERNE SOURDE
Par M. Clairville

LA LANTERNE VENITIENNE
Par M. Siraudin.

LA LANTERNE DE SAINT-CLOUD
Par M. de Jallais.

LA LANTERNE MAGIQUE
Par M. Labiche.

LA LANTERNE D'OMNIBUS
Par M. Meilhac.

LA LANTERNE CHINOISE
Par MM. Chivot et Duru.

Croyez-vous que le gouvernement en sera bien fâché? croyez-vous que l'opinion libérale en sera bien fière? Pensez-vous que son but, que son objectif, comme on dit aujourd'hui, soit de triompher par la calembredaine? Alors nommons Clairville à la place de Jules Favre !

CHAPITRE V

PROMENADE ET CONVERSATION AU CONCERT BESSE-
LIÈVRE. — CE BON M. DE RUFFEC! — SES OPI-
NIONS SUR QUELQUES GRANDS PERSONNAGES. —
ROCHEFORT A LA TRIBUNE. — SOUFFLONS LA
LANTERNE.

J'ai eu, par hasard, samedi dernier,
une conversation fort instructive, au
concert Besselièvre, avec un amateur
de musique de jardin, qui est en même
temps un membre fort singulier du Corps
législatif. On me permettra de taire le
vrai nom de ce virtuose politique et
musical. Comme il a une tendre prédi-
lection pour les pâtés truffés, je l'appel-
lerai M. de Ruffec. C'est un libertin de
soixante ans, assez riche et assez sage,

dépensant tout juste ses revenus et laissant croquer son indemnité parlementaire à mademoiselle Arcachon, une de ces poules d'eau qui picorent la moitié de l'année à Monaco, à Bade, à Hombourg, dans toutes les villes de baigneurs et de joueurs.

Quand on demande à M. de Ruffec sur quel banc il siége à la chambre, il répond avec un sourire de contentement :

— Je suis un député sentimental et affectueux : ce que j'appelle moi-même un député de famille.

Député de famille! Cela s'entend de reste. Il n'est ni pour M. Pinard, ni pour M. Rouher, ni pour M. Latour du Moulin, ni pour M. Jérôme David. Il est pour la famille... strictement.

Or la famille se compose, pour lui, de

quatre personnages : le père, la mère, l'enfant, et (il dit ces trois mots avec quelque malice) le cousin voyageur. Hors de la famille, point de salut.

Il se moque d'un ministre comme d'un député de Paris.

Dans son enthousiasme pour le neveu du grand homme, il donne plaisamment au grand homme le sobriquet de NAPOLÉONCLE; il est d'ailleurs si religieusement attaché à la quatrième dynastie, qu'il préférerait, dit-il, au plus vertueux prince des anciennes familles, un Napoléonosor ou un Napoléogabale. On rit de ses menus propos au Palais-Royal et aux Tuileries, où l'on trouve qu'il porte avec originalité la cocarde du dévouement.

Tel est M. de Ruffec, un homme indépendant, comme vous voyez; les ministres ne l'ignorent pas.

Il est bon à rencontrer, M. de Ruffec, bon à connaître et bon à interroger, surtout si l'on a des opinions libérales : il n'aime pas les opinions de la majorité.

— Toujours chez Besselièvre ? lui dis-je en l'abordant, vers neuf heures du soir, devant le café qui regarde le kiosque des musiciens.

— Toujours, quand il fait chaud. La musique me rafraîchit. Avez-vous lu la dernière *Lanterne* ?

— Et vous ?

— Je l'ai dans ma poche, la voilà. J'achète tous les numéros, et je les garde. Il va bien, il va parfaitement, votre Rochefort !

— Mon Rochefort ? Que voulez-vous dire ?

— N'êtes-vous pas un libéral comme lui, comme Albert Wolff, comme Villemessant, comme Timothée Trimm, comme Milhaud, comme Mirès?

— Il y a fagots et fagots, monsieur de Ruffec.

— Ah ! je vous entends, il y a libéral et libéral, n'est-ce pas? Toujours des divisions ? L'Empereur, je l'ai dit cent fois, est l'homme le plus libéral de l'Empire. Ah ça ! il n'est donc pas un pur, ce Rochefort?

— Ne m'attribuez pas des indignités, je vous prie. Laissons la calomnie aux Basiles de toute couleur. M. de Rochefort est un parfait libéral, mais...

— Il y a un mais? Expliquez-vous.

— Je trouve qu'il défend le libéralisme par des moyens de comédie ou plutôt de vaudeville, par la blague, par la cascade...

— Est-ce que tous les libéraux pensent comme vous? Je croyais qu'il était l'idole de tout le parti. M. Rochefort attaque Maupas, Haussmann, Persigny, Rouher, le cardinal de Bonnechose, Morny, Saint-Arnaud, tous les vivants et tous les morts de chez nous; il mange chaque samedi du sénateur et du prêtre... Que voulez-vous de plus?

— L'opinion libérale a besoin de bons journalistes plus que de politiqueurs et de chroniqueurs.

— Tiens, tiens, tiens! Il a cependant un grand succès. J'en ai souvent cherché la raison, et je crois que je l'ai trouvée ce soir, pendant qu'on me jouait le *Miserere* du *Trovatore*. Quoi que vous en disiez, vous êtes cent mille, à Paris et ailleurs, qui adorez Rochefort, non pas pour son esprit, non pas pour ses idées, non pas pour son caractère. mais tout simplement... passez-moi le mot, il est juste... parce que vous croyez qu'IL NOUS EMBÊTE.

— « Oui, disent en chœur les cent mille hommes, c'est uniquement parce qu'*il vous embête* que Rochefort nous amuse : Et vive la *Lanterne*, et vive Rochefort ! »

— Très-bien ! Mais nous embête-t-il autant que vous le pensez, et vousamuse-t-il autant que vous ledites ? Franchement, je ne le crois pas.

— Sa politique est aussi arriérée que taquine. Elle est toute en chuchotements, en allusions, en rébus à soupape, énigmes à crochet, charades à bascule, en petites confidences venimeuses dans le tuyau de l'oreille : on dirait des propos de café ou des échos de Paris ramassés dans le *Figaro* de 1852.

—Pourquoi parle-t-il de sa place, à demi-voix! Sommes-nous encore sous le régime de l'arbitraire? Plus haut, plus haut! à la tribune! Non, non, il lui plaît mieux de mettre sa main en cornet devant sa bouche, de regarder autour de lui avec des yeux blancs, de demander à ses cent mille hommes : « Sommes-nous seuls, bien seuls? » et de leur raconter, comme bruits du jour, de vieux mystères éventés qui sont les secrets de Polichinelle :

« Écoutez, écoutez! M. de Persigny est propriétaire du domaine de Chamarande, M. de Maupas a un père qui signe Maupas tout court, M. Haussmann vient d'exproprier cinq cents marronniers dans le jardin du Luxembourg. »

En vérité, cela se peut-il? où avez-vous donc appris cela? eh! ne savez-vous pas, jeune homme attardé, que ces gens-là sont des burgraves du 2 décembre?

M. de Maupas ne songe pas plus à sa particule que vous ne songez à la vôtre. Il y a beau temps qu'il a fini de fumer ce bout de cigare de l'aristocratie. Aujourd'hui M. de Maupas a pris le petit nom de Cassandre. Prosterné sur les marches du trône, il gémit des avertissements, soupire de noirs conseils, sanglote de sinistres prophéties et montre dramatiquement un abîme entre-bâillé. « Sire, vous avez fermé l'ère des révolutions; de grâce, ne la rouvrez pas par des concessions libérales! Vous avez remis la pyramide sur sa base, ne la remettez pas sur la pointe! » Le pauvre homme serait incapable aujourd'hui, s'il quittait la France, de professer gaiement la science des coups d'État dans les cours étrangères. Laissez donc en paix cette tête affaiblie qui a peur des revenants.

Quant à M. de Persigny, notre seul duc civil, vous dites qu'il habite Chamarande ? Ah! bien oui! notre duc est à son cottage de Delphes ou dans ses forêts de Dodone. Incliné sur la Constitution comme sur un trépied fumant, il rend des oracles, ma foi, et ne rend plus de services. « Puisque la Constitution est perfectible, dit-il, gardons-nous de la perfectionner. »

Pour M. Haussmann, que vous nous représentez comme embouchant tour à tour la trompette de Jéricho et la lyre d'Amphion, sachez donc qu'il a mis aux enchères, du même coup, sa trompette à démolir et sa lyre à bâtir. L'illustre M. Haussmann, blasé sur ses triomphes...

— Un instant, monsieur de Ruffec, un instant! Permettez-moi de respirer une minute. Tudieu, comme vous y allez, quand vous mettez en scène vos amis du gouvernement!

— Tenez, votre Rochefort me fait pitié, sincèrement : il m'amuse par sa candeur de vaudevilliste dépaysé dans la presse. Le pauvre garçon passe sa vie à torturer des faits, à disloquer des anecdotes, à rafraîchir dans la glace de vieilles nouvelles. Pas une étude complète, pas un dessin, pas un trait ! Il n'a pas encore trouvé un mot inoubliable ! Ah ! si j'étais à sa place, si j'étais un tirailleur de l'opposition...

— Que feriez-vous, monsieur de Ruffec ?

— Je serais Paul-Louis Courier ou rien du tout, et je voudrais, aux futures élections, remplacer M. Darimon à la chambre.

— Rochefort à la tribune ! J'aime mieux Rochefort à la *Lanterne*.

— Eh ! eh ! qui vous dit qu'il ne sera pas un jour le candidat officiel de l'opposition et du *Figaro?* Je le vois d'ici, ayant pour parrains :

D'UN CÔTÉ	DE L'AUTRE
MM.	MM.
Villemessant,	Jules Favre,
Albert Wolff,	Guéroult,
Jouvin,	Havin,
Ferragus,	Pelletan,
Georges Maillard,	Glais-Bizoin,
Jules Prével.	Jules Simon.

Bon ! Le voilà élu dans le quartier de la rue Rossini ou de la rue Coq-Héron. Décidé à installer l'éloquence bouffe dans les débats parlementaires, (oh ! que ce serait amusant !) il gravit le terrible escalier, dépose en plein midi sa lanterne sur la tribune, et...

— Tout beau, monsieur de Ruffec ! Ne dérangeons pas pour si peu Jules Favre et Pelletan, Jules Simon et Guéroult, Havin et Glais-Bizoin. L'HOMME A LA LANTERNE, après tout, ce n'est pas M. Henri Rochefort. La lanterne qui nous éclaire, (et si faiblement !) repose dans une autre main que la sienne. A cette douteuse lueur, qui commence pourtant à blanchir, la France tremblotte et grelotte. Soufflons tous ensemble la lanterne et réclamons le jour.

FIAT LUX !

JEAN-SANS-PEUR.

IMPRIMERIE PARISIENNE, Dufour et Cie

Boulevard Bonne-Nouvelle, 26, impasse Bonne-Nouvelle, 5.

276

PARIS

IMPRIMERIE CENTRALE DES CHEMINS DE FER

A. CHAIX ET Cie

RUE BERGÈRE, 20, PRÈS DU BOULEVARD MONTMARTRE.